Werner Sprenger

Damit das Glück Dir glückt

Werner Sprenger

Damit das Glück Dir glückt

Die Auswahlreihe

Zusammengestellt von
Atina Haberkern

Nie/nie/sagen-Verlag
Konstanz

Zusammengestellt von Atina Haberkern
Titelgestaltung: Joschi Wolfrum

CIP-Titelaufnahme der Deutschen Bibliothek

Sprenger, Werner:
Damit das Glück Dir glückt / Werner Sprenger. –
9. Aufl. – Konstanz : Nie-Nie-Sagen-Verl., 1991
(Die Auswahlreihe)
ISBN 3-921778-90-5

1. Auflage 1983
2. und 3. Auflage 1984
4. und 5. Auflage 1986
6. und 7. Auflage 1988
8. und 9. Auflage 1991

Herstellung: Fuldaer Verlagsanstalt GmbH, Fulda

ISBN 3-921778-90-5

Sag leise: Glück. — Woran denkst Du, wenn Du Glück sagst? (Meditation)

Weißt Du es?

So selbstverständlich sagen wir „Glück” und „Unglück”: so als ob Glück und Unglück sich immer identisch wären wie die Zahlen oder die Dinge.
Ist das Glück des Kindes nicht ein ganz anderes Glück als das beinahe unverständliche Glück einer alten Frau, die schwarz und zermalmt und schweigend in der hellen Frühlingssonne auf einer Bank in einem Stadtpark sitzt?
Wenn ich jetzt über mein Glück nachdenke, so läßt mich mein Gedächtnis im Stich. Unzweifelhaft ist aber, daß ich als Kind ganz anders glücklich gewesen war — und auch bei anderen Gelegenheiten und Anlässen als heute. Was heißt das?
Konsequent gedacht heißt das: mit zunehmendem Alter werde ich also wieder anders glück-

lich und anders traurig sein, anders vom Anlaß und anders von innen her.
Das heißt also weiter, daß wir Menschen immer nur glücklich oder unglücklich sein können innerhalb einer ganz bestimmten Entwicklungs- und Bewußtseinsstufe, und niemals außerhalb davon.
Und sprechen Menschen zueinander von verschiedenen Bewußtseinsstufen her von ihrem Glück oder ihrem Unglück, dann verstehen sie sich nie!
Ich selbst warte auf ein Glück, das ich bisher nur für Sekunden einer berauschenden, jubelnden Gewißheit besaß.
Eines Tages werde ich dieses Glück festhalten dürfen, werde ich Tag für Tag so glücklich sein, wie ich fühle, daß jeder Mensch glücklich sein könnte und sollte. Was aber ist das für ein Glück?
Es ist ein Glück zuerst ganz unabhängig von allen Zufällen und allen Wunscherfüllungen. Ich möchte so sagen: es ist ein Glück der Dankbar-

keit und nicht eines der Angst, ein Glück der endlich erreichten Entwicklungsstufe, ein Glück, in dem große und vollkommene Gedanken der Kleinlichkeit und Unvollkommenheit meines Lebens nicht nur widersprechen, sondern es mühelos und wie selbstverständlich verändern. Ein Glück des Seins und nicht ein Glück des Habens.

Gegenwärtig schaffe ich es nur mit größter Mühe, daß ich mein Leben Gedanken unterstelle, deren Richtigkeit ich einsehe, so unterstelle wie Gesetzen, Gesetze, die zu erfüllen mir aber meistens noch unmöglich ist, und nur ausnahmsweise erreiche ich sie im täglichen Leben.

Diese Ausnahmen sind mein ganzes Vertrauenskapital für die Zukunft. Ohne diese Ausnahmen hin und wieder würde meine regelmäßige Unfähigkeit mich einfach erdrücken und mutlos machen.

Denn die Fortschritte sind nie groß, aber dann, dann verlassen sie mich nicht mehr: hast du es

heute fertigbringen dürfen, wenn auch mit verächtlich großer Mühe, so wirst du eines Tages für immer diesen Teufelskreis abstrakter Ermahnungen und Einsichten, die dann zu nichts führen, durchbrechen dürfen.
Ein Glück ersehne ich, in dem nicht Ketten geschmiedet werden oder Gemeinheiten und Vorteile zufrieden machen! — Ein Glück, in dem das Du bedeutungsvoller ist als das Ich. — Ein Glück, sage ich Dir, in dem ich Bruder dem Bettler sein werde, der mir seine Hand hinhält. — Ein Glück, in dem ich nicht mehr recht behalten will — und ganz vom Du her denken und bestehen werde. — Ein Glück, in dem Einsichten mich nicht mehr niederdrücken — weil sie zugleich meine Unfähigkeit offenbaren, diese Einsichten mit dem Gefühl der mühelosen Leichtigkeit als Ordnung meines Lebens zu leben. Denn noch fürchte ich mich vor Einsichten, weil sie jedesmal meinen mühsam errungenen Fortschritt und meine helle Freude darüber kindisch erscheinen lassen und verdächtig

machen. (Ähnlich mag sich einem Bergsteiger das Gefühl seiner Gipfelfreude auflösen, wenn er endlich mit letzten Kräften seinen Gipfel erklommen hat und dann andere Bergsteiger, mühelos, weitaus höhere Berge erklettern sieht.)

Der will ja ein unmögliches Glück, so werden jetzt viele denken. Aber es ist kein unmögliches Glück, sage ich, sondern das einzig mögliche Glück, das anzustreben und zu erreichen sich lohnt.

Und es ist die Sehnsucht nach diesem Glück, die mich dieses Leben so lieben läßt und mich mir erträglich macht.

Und eben jetzt begreife ich, wenn auch nur zögernd, daß meine gegenwärtigen Qualen auf einer höheren Entwicklungsstufe tatsächlich durchschaubar sein mögen als falsches Denken und nichts weiter sonst. Und sicher begehe ich jetzt den häufigsten Irrtum der Bereuenden, daß ich unbewußt glaube, daß die Größe meines Leidens meine Schuld kleiner machte.

Was ist Glück?

Der, der Dir antwortet auf Deine Frage:
„Was ist Glück?",
der kennt das Glück nicht.
Alle Antworten sind unnütz.
Wie einer lebt,
ob er wirklich in sich selbst ruht
(oder nur so tut!),
ob er Freude weckt und Liebe,
das ist es,
worauf Du achten solltest
auf Deiner Suche nach Glück.
UND paß auf,
daß es auch Dein Glück ist,
das Du gesucht und gefunden hast.
Glücklich machen allein
macht nicht glücklich.
Die es Dir weismachen wollen,
die wissen es
zu Deinem Unglück.

Es gibt kein Glück, zum Glück, wenn die wahren Bedürfnisse dabei hungern müssen.

Überraschungen des Findens

Daß Du auf der Suche
nach Dir selbst bist,
ist noch keine Gewähr,
daß Du Dir nahe bist,
daß Du Dich finden wirst.
Entscheidend ist,
wie Du Dich suchst.
Daß Du Dich nicht suchst
wie die Polizei den Mörder
oder der Jäger das Wild.
Such Dich behutsam,
bleib offen für Dich,
offen auch für die Überraschungen
des Findens.
Und hab Geduld mit Dir,
mit Deinem Anderssein —
anders als gehofft,
anders als erwartet,
anders als erfordert.

Das große ICH

Das große ICH
ist eine kleine Gefängniszelle,
in der der Mensch sich versäumt
und versehnt.
Der Eingeschlossene lebt nicht:
einen Alptraum träumt er.
An die Mauern seines Ichs gelehnt
sieht er nicht des Lebens Freuden.
Ängste seine Kraft vergeuden.

Ursache bist Du und Wirkung

So viele,
zu viele, die unglücklich sind,
kommen nicht einmal auf die Idee,
daß sie selbst auch das Messer sind,
das Messer, das zusticht.
Sie jammern nur über die Wunden.
Auch Du bist das Messer
und bist die Wunden
UND meist beides zugleich.

Laß Deine Gefühle zu,
verbiete ihnen nicht Dein Herz
oder Deinen Kopf
oder Deinen Bauch
oder wo sie sich sonst aufzuhalten pflegen.
Laß ALLE Deine Gefühle zu,
verleugne keines,
doch mißtraue Deinem Schmerz,
mißtraue Deiner Traurigkeit,
wo Du nicht vertraust,
wo Du forderst
oder enttäuscht bist
von ANDEREN.

Vom Winter solltest Du nicht
den Sommer wollen.

Die Weisheit des Schweigens

Dies ist die Weisheit des Schweigens
die immerwährende,
die unbesiegbare
Weisheit des Schweigens.
Oft konnte ich erleben,
daß Menschen, die ich für Sieger hielt,
von ihren Worten,
ihren eigenen Worten
besiegt worden sind,
in ihrem eigenen Herzen,
in der Mitte ihres Lebens.

Gefangene unserer Worte.
Alle sind wir Gefangene unserer Worte.
Sonderbare Gefangene
in dem sonderbaren Gefängnis
unserer verwüstenden Worte,
von denen wir uns einbilden,
wir müssen sie sagen.

Worte sind schrecklicher als Taten.
Worte können wirklich töten.
Lern Deine Worte beherrschen.
Denk an das Unglück dessen,
der Dich fragend ansieht.
Sag Deine Worte nicht,
sag Deine Worte nicht mehr
in der gemeinen Absicht
zu kränken, zu zerstören, zu höhnen.
Wir dürfen nicht kränken,
wir nicht,
die wir um die geheimnisvolle Kraft
der Worte wissen.

Denn die Wunden,
die die Worte zufügen,
heilen nie mehr ganz.
Und jeder Mensch blutet aus vielen Wunden
jener Worte, Worte,
die trafen, Worte,
die verletzten, Worte,
die kränkten.
Die gezeichneten Gesichter all derer,
die insgeheim verbluten.

Ich lerne das Verstehen, langsam.

Ich habe das Werten und Hassen verlernt,
langsam.
Und dafür lernte ich das Verstehen,
langsam.
Hassen ist leicht,
Verstehen ist schwer.
Doch nur das Verstehen
schenkt dem Leben seine Lebendigkeit
und Wärme und Liebe,
anders als die gallige Bitternis des Hasses.

Versuche eins zu werden mit dem, was Du siehst. Lerne Dich verlieren im Geschauten, denn nur so sind der Erkennende und das Erkannte eins.

(Meditation)

Anstiftung zum Glück

Wie kann ich Dich
zu Dir selbst verleiten?
Wie kann ich Dich anstiften
zu Deinem Glück?
Wie kann ich Mitwisser werden
Deines verschütteten Wissens um Dich?
Wie kann ich Mittäter werden
Deiner Selbstbefreiung?
Wie kann ich Dich nötigen,
daß Du Dich ernster nimmst?
Wie kann ich Dich verleiten,
wenigstens die Geduld mit Dir zu haben,
die Du mit mir und anderen hast?
Wie kann ich Dich anstiften,
daß Du Dich nicht mißbrauchst?
Wie kann ich Dich zu Dir selbst verleiten?

Zum ersten Mal Nina

Da stand er, Fernandes, 35 Jahre alt, Textilarbeiter, Vater von vier Kindern, stand an der Tafel und schrieb, schrieb zum ersten Mal in seinem Leben das Wort Nina an die Tafel. Doch anders als die anderen lächelte er dabei, lächelte so glücklich, so in sich selbst versunken, als habe er ein Wunder vollbracht. Nina.
Dieses Wort, für uns nur ein Wort, ist der Name seiner Frau, den er zum erstenmal in seinem Leben selbst geschrieben hat. Nina.
In diesem Augenblick, das war seinem vor Freude strahlenden Gesicht anzusehen, hatte er begriffen, daß er nicht schreiben und lesen lernt, um schreiben und lesen zu lernen, sondern daß es um viel mehr ging. Er würde anderen schreiben können, was er denkt und fühlt. Er würde von anderen lesen können, was sie denken und fühlen. Jetzt konnte er Nina

schreiben, den Namen seiner Frau. Er wird ihr nachher, nach dem Unterricht, ihren Namen auf ein Blatt Papier schreiben, und sie wird verstehen, alles verstehen.

Ich begriff, daß ich sein Gefühl von Freude und Glück nicht nur achten und verstehen muß, sondern schöpferisch werden lassen muß — in mir, in ihm.

Glück: dies warme Gefühl von Glück und zugleich die schwarze, kalte Angst, nicht würdig dafür zu sein, es zu verlieren.

Jemanden lieben heißt

Jemanden lieben heißt,
vertrauen zu können
und zu wissen,
daß Glück nichts ist,
was nur zwei Menschen gehört.
Und daß Liebe nichts ist,
was zweien ganz allein gehört.
Wer die Liebe endlich kennenlernt
(Liebe Deinen Nächsten wie Dich selbst!),
der kann sich nicht mehr gewöhnen
an das Totsein der Lieblosen
und ihre kleinmachende Aufseherliebe,
die einsperren und haben will
und aufrechnen und vorschreiben.
Und die Dich gemein verraten wird,
sobald Du aus ihrer Zelle ausbrichst,
davonläufst in die Freiheit,
weil Du Dir nicht fremd werden willst,
weil Du nicht sterben willst,
sondern leben, lieben.

Richtiges Ende einer falschen Liebe

Nein, Du hättest Dir von mir
kein Bild machen sollen.
Weil ich Dich nicht verlieren wollte,
darum verlor ich mich und
sah am Ende so aus
wie Dein Bild von mir.

Die Pflicht, andere zu enttäuschen

Jeder Mensch
macht sich ein Bild von Dir:
SEIN BILD.
Und sein Bild von Dir,
das merke Dir,
richtet sich nach dem Bild,
das er von sich hat.
Und die meisten Menschen,
sie halten ihr Bild von Dir
für Dich selber.
Darum hast Du die Pflicht,
die Pflicht Dir selbst gegenüber,
jenen Bildern von Dir
zu entkommen und
die Bildermacher zu enttäuschen,
um Du selbst zu werden,
um Dich selbst nicht zu enttäuschen.
Werde ihnen untreu,
um Dir selber
treu bleiben zu können.

Sei nicht zu einsichtig

Sei nicht zu einsichtig!
DENN
häufig verwechseln wir
die Einsicht in uns selbst
mit der Einsicht
in die Ansichten anderer Leute
über uns selbst.
(Die Absichten hinter den Ansichten
der anderen einsehen lernen.)

Können gebratene Tauben fliegen?

Quelle unserer Leiden:
unser hartnäckiger Glaube
an ein Leben ganz ohne Leiden,
in dem uns
die gebratenen Tauben
ins Maul fliegen
und wir höchstens Gründe haben,
Freudentränen zu weinen,
und wo wir nur Glück haben müssen,
um Glück zu haben,
und wo alles gut werden kann,
ohne daß wir gut werden.

Sag nicht ja, wenn . . .

Versuch nicht zu wissen,
was Du nicht weißt.
Versuch nicht zu wollen,
was Du nicht willst.
Versuch nicht zu sein,
der Du nicht bist.
Versuch nicht zu lächeln,
wenn Du weinen möchtest.
Versuch nicht ja zu sagen,
wenn Du nein sagen willst.

Dann lieber nicht sprechen

Nicht sprechen
mit den Worten der anderen.
Nicht denken
mit den Gedanken der anderen.
Nicht einmal lügen
mit den Lügen der anderen.

Große Lebenskunst:
das Unwichtige nicht wichtig
werden zu lassen.

Du sollst Dir kein Vorbild machen

Sie bedecken ihre Herzen
mit Orden
und denken,
sie dürften kein Herz mehr haben.
Sie bedecken
ihre Köpfe
mit Doktorhüten
und denken,
sie dächten.
Sie bedecken ihre Hintern
mit kostbaren Stoffen
und meinen,
sie hätten keinen Hintern mehr.

Sei unberechenbar

Wenn Du willst
(und das willst Du doch?),
daß MAN endlich aufhört,
über Dich zu verfügen,
über Dich zu bestimmen,
mit Dir statistisch zu rechnen
bei ihren Kriegs- und Todesspielen,
wenn Du das wirklich willst,
dann lern auch die Lebenskunst,
Dich unverfügbar zu machen,
unbestimmbar zu werden,
unberechenbar zu sein.

Laß Dich nicht stumm machen
Für Dich

Du, laß Dich nicht stumm machen.
Du, sprich Deine Ohnmacht aus.
Sage sie.
Klage an.
Sage, wie es Dir in Wahrheit geht
mit Deiner Ohnmacht.
Gib Deiner Ohnmacht den Körper der Worte,
damit Du und andere
die Ohnmacht sehen könnt,
damit Ihr Euch befreien könnt
von der Ohnmacht
durch freie, mächtige Worte.
Sprich die Worte laut aus,
die Worte, die alle flüstern,
die Worte, die niemand hören will,
Worte, die ihre Lügen stören.
Denn wo die Worte der Wahrheit stehen,
müssen die Worte der Lüge gehen.

Eines weiß ich ganz sicher:

Ich bin nicht in diese Welt gekommen, ich bin nicht geboren worden, damit andere reich an mir werden können. Mein Leben ist kein Mittel zum Zweck des Profits. Mein Leben ist mein Leben.

Niemand kann unmenschlicher sein

Über das Erlernte
hinausgehen.
Furchtlos feststellen,
was ist,
und nicht,
was sein sollte.
Die Fehlerquelle aller Fehler
heißt Mensch.
Niemand kann unmenschlicher sein
zu Menschen
als der Mensch.
Ihn, den Menschen verbessern,
nicht die Maschinen.
Ihn menschlicher machen,
dann werden die Maschinen
menschlicher auch.
Denn Unmenschlichkeit
ist eine sehr menschliche Eigenschaft.

Deine Freiheit und Dein Glück sind keine Freiheit und kein Glück, wenn Du nicht die Notwendigkeit der Freiheit und des Glücks für alle bejahst.

(Meditation)

Irgendwo im Nirgendwo der Statistiken?

Wenn es auch Dir nicht geschehen ist,
wenn es auch mir nicht geschehen ist, trotzdem
nicht nur im Nirgendwo der Statistiken
geschah es:
irgendwo geschah es wirklich.
Irgendwo geschieht es wirklich,
auch jetzt, jetzt auch, jetzt:
jetzt verhungern Menschen, jetzt.
3000 in jeder Stunde,
auch in dieser Stunde, jetzt,
während ich mich sorge um mein Idealgewicht.
Jetzt werden Menschen gefoltert, jetzt.
Jetzt werden Menschen erschlagen, jetzt.
Jetzt flüchten Menschen, jetzt,
während ich mich gleich schlafen lege
und hoffentlich nicht einschlafen kann.
Wer weiß denn,
was es heißt für ihn und diese Welt,
daß in jeder Stunde
3000 Menschen verhungern

UND nicht verhungern müßten,
wenn wir es wirklich wüßten,
was das heißt für uns,
für uns und diese Welt.
Und wir haben nicht
die Entschuldigung des Nichtwissens.

Vielleicht ist es Hoffnung.

Vielleicht ist es Hoffnung —
dies fast tödliche Wissen —
um Euch, meine Brüder:
Ihr Hungernden und Verhöhnten.
Daß dies Wissen
mich nicht erschlägt? —
Wer bin ich?
Wer sind wir?
Wer seid Ihr?

Dieses Wissen —
so leicht auf die Herzen gelegt —
so schwer auf die Herzen gelegt —
Wir entgehen ihm nicht, keiner,
und spüren es, zunehmend,
und — verstehen es nicht, nein.
Verstehen es immer weniger,
daß es Menschen gibt,
die von sich sagen können: heute —
wir Guten,
wir Gerechten,
wir Glücklichen. — Ihr Guten?
Wißt Ihr um die Verhungernden?
Seid Ihr es da noch?

Vielleicht ist es Hoffnung,
die letzte Hoffnung,
daß die Neurotiker
immer zahlreicher werden:
also werden die Seelen berührt
und krank daran, daran,
weil die Unmenschlichkeit
überhand nimmt.

Benutzt die Steine

Ihr Gesteinigten,
hebt die Steine auf,
die sie auf Euch werfen.
Jeder Stein ist ein Nein
gegen Euch und Eure Würde.
Hebt die Rollen auf,
die sie Euch zuweisen wollen.
Laßt Euch nicht zu Gesteinigten machen.
Antwortet ihnen mit Lachen,
an dem sie zugrunde gehen.
Nehmt sie nicht ernst.
Seid nicht demütig.
Bettelt nicht um Verstehen.
Benutzt die Steine,
die sie auf Euch werfen,
als Eure Waffen.

Dem Vertrauten mißtraue,
das Gewohnte verdächtige.

Gewohnheiten ungewöhnlich machen.

Das achte Weltwunder

Das einfache Wissen, das so schwer zu lernen ist, daß die meisten von uns es nie begreifen. Wir sehnen uns nach Wundern, nach Weltwundern; wir sehnen uns nach Schönheit, nach Ekstase; wir sehnen uns nach Transzendenz, nach Vergessen, nach Erfüllung. Wir versehnen unser Leben, leben wie Blinde in einer Welt voller Wunder, voller Schönheit. Niemand braucht weit gehen, um der Schönheit zu begegnen, der herzergreifenden Schönheit einer nachtleeren Straße in einer Vollmond-Nacht. Die steilen, schwarzen Schatten der bleichen Häuser, das Schwarzgrün des Grases in einer Anlage, die am Tag häßlich ist. Die apfelfarbenen Inseln aus Licht, die am Abendhimmel der Großstädte schwimmen, die silbernen Striche der Düsenjäger. Oder die heidelbeerfarbenen Abende im April, wenn der Himmel schwarzblau oder

fliederfarben wird. Oder die bunten Girlanden der Neonreklamen, die sich im Nässeglanz der Straßen spiegeln. Oder die Stille im Frühmorgengrau, ehe alles laut wird. Oder dies satte, unvergeßliche Schwarz der herbstlichen, blätterlosen Zweige der Buchen, die sich in den Himmel recken wie Hände.
In solchen Augenblicken kannst du begreifen, was Schönheit ist, und erkennst, was die Welt sein könnte, wo immer du auch bist oder lebst: das achte Weltwunder.

Wann ist der Mensch am lebendigsten?

Wahrscheinlich gerade dann nicht,
wenn er meint, es zu sein.
Und gewiß dann nicht,
wenn er meint,
es sein zu müssen.
Du willst glücklich sein,
aber das Gefühl von Glück bleibt aus.
Du willst glücklich sein,
daher bist Du es nicht.
Du willst lebendig sein,
daher bist Du es nicht.
Du strengst Dich an, gut zu sein,
daher bist Du es nicht.
Je weniger Du etwas sein willst,
desto mehr wirst Du es sein.
Wann also ist der Mensch am lebendigste
In seinen frohen Erinnerungen,
in seinen Hoffnungen,
die andere mit einschließen.

Wenn Wünsche Wirklichkeit werden

Für einen großen Wunsch
ist die endliche Erfüllung
selten groß genug.
Mitunter ist sie
ein Unglück,
diese endliche Erfüllung
der unendlichen Sehnsucht.

Für eine große Sehnsucht
ist die Wirklichkeit
selten groß genug.

Die alte, uralte Frage:
ist sie das jetzt, sie,
die lange ersehnte,
die lange versprochene Zukunft?

Darlehensglück

Sparergesichter.
Glück kann man kaufen,
locken die Banken und —
machen damit ihr Glück.
Ja, die vielen Liebesgeschichten
des Eigentums.
Ei, ei, Eigenheim,
Glück allein.
Geld ist Anspruch auf Glück.
Zum Gelde drängt,
daran hängt!
Wie Fliegen am Fliegenfänger.
Eines Tages dann ja,
das Geld wäre da.
Dann, Sitzen und Warten im Eigenheim.
Heimsuchungen im Eigenheim.
Noch eine Frage:
was würden Sie eigentlich
für Geld bestimmt nicht tun?

Für viele Menschen ist es ein großes Glück, daß sie das Glück, das sie suchen, nicht finden.

Glücksuche

Du suchst das Glück,
suchst es
auf Festen, auf Partys.
Suchst es 300 Zentimeter unter der Erde
in den Kellerbars.
Suchst es über der Erde
auf 6000 Meter hohen Gipfeln.
In fernen Ländern suchst Du Dein Glück.
Warum weißt Du nicht,
daß Du es nur in Dir selbst finden kannst,
wenn Du stille wirst
und aufrichtig
in Dich hineinhorchst.

Wenn Übereinstimmung herrscht zwischen dem, was in uns ist, und dem, was um uns ist, sind wir glücklich, auch wenn wir es nicht wissen.

Ein Vorsichtiger

Einmal sagte
(ich wollt', ich hätte es vergessen können)
ein vorsichtiger Bekannter
zu mir:
„Wenn zwei mal zwei vier ist,
dann bin ich jetzt glücklich.
Aber ist
zwei mal zwei wirklich vier?
Ich bin da nicht sicher.
Rechne doch mal nach."

Wessen Glück zu viele Bedingungen kennt, der hungert vor vollen Schüsseln und leidet bitterste Not inmitten goldener Fülle. Dessen Glück keine äußeren Bedingungen kennt, der allein ist im wahren Glück.

(Meditation)

Guten Morgen, Tod

Den Tod betrügen
mit dem ewigen Leben —
das wäre doch was.
Ein großes Fest feiern
mit dem Motto:
der Tod ist tot —
das wäre doch ein Fest.
Ein Geheimpolizist hat,
bei starkem Tatverdacht,
den Tod umgebracht,
einfach erschossen,
auf der Flucht erschossen —
das wäre doch ein Polizist.
Ich sage lächelnd
jeden Morgen:
Guten Morgen, Tod.
Und versuche, den ganzen Tag,
ihn nicht zu vergessen.
Und Du,
hast Du vielleicht einen anderen Vorschlag,
lebendig zu leben?

Den Blick des Abschieds lernen

Den Blick zu lernen gilt es,
den sammelnden Blick des Abschieds,
um endlich auch das zu sehen,
was Du bisher verächtlich übersehen hast.
Die Welt ist im Kleinsten
und im Größten unendlich.

Eine Stunde wird meine letzte sein

Ich weiß,
die Stunde wird kommen,
die meine letzte sein wird.
Und ich werde es nicht wissen,
daß es meine letzte Stunde ist.
Und Du wirst es nicht wissen,
daß es meine letzte Stunde ist.
Sollten wir nicht darum versuchen,
jede Stunde,
die uns ist gegeben,
so zu leben,
als ob es die letzte wär'?

Quellen

Zu Oasen führen alle Wege durch die Wüste
Seiten: 12, 26, 34, 53
Brauchen Hungernde denn Gedichte?
Seiten: 43–45
Schleichwege zum Ich I — Meditationsgedichte
Seiten: 18–20, 50, 51, 58–60
Schleichwege zum Ich II — Meditationstexte
Seiten: 5, 22, 40, 57
Stabile Träume und andere Wirklichkeiten
Seiten: 14, 33, 39, 52, 54, 56
Augen-Blicke
Seiten: 17, 55
Anstiftung zum Glück
Seiten: 13, 15, 16, 23, 27–32, 35, 36, 41, 42
Daß das Glück ganz anders ist
Seiten: 6–11, 24, 25, 48, 49
Gedichte zum Auswendigleben
Seiten: 21, 37, 38, 46, 47

Diese Seitenangaben beziehen sich auf den vorliegenden Band.

Ich will den Menschen Mut machen, die zu sein, die sie noch nicht zu sein wagen.

Weitere Werke von Werner Sprenger im NnsV:

Liebst Du Dich? – Lieben im neuen Bewußtsein
Verführung zum Leben – Meditationstexte
Gedichte zum Auswendigleben
Daß das Glück ganz anders ist
Anstiftung zum Glück
Augen-Blicke
Stabile Träume und andere Wirklichkeiten
Schleichwege zum Ich I – Meditationsgedichte
Schleichwege zum Ich II – Meditationstexte
Brauchen Hungernde denn Gedichte?
Zu Oasen führen alle Wege durch die Wüste
Eine Eiche in einen Blumentopf gepflanzt...

Die Auswahlreihe: Alles ist JETZT ist Alles
Ungelebtes Leben leben
Vergiß Dein nicht

Werner Sprenger
Glück aus Versehen? Unglück aus Verstehen?

ISBN 3-921778-06-9 72 Seiten

Jeder Mensch ist anders, auch und gerade anders, als er unserer Meinung nach sein sollte, sein müßte. Warum sollte er anders sein?

Wie kann ich das Bild loswerden, das ich von Dir habe? Und wie kann ich das Bild loswerden, das ich von mir habe? Und wie können wir das Bild loswerden, das wir von uns haben, von unserem Wir?

Wie kann ich den Verschütteten bergen, der unter diesem Berg von Bildern liegt? Wie kann ich mich endlich selbst zu sehen bekommen? Wie kann ich mich berichtigen hin zu mir selbst? Mit einem falschen Bild von sich selbst verhungert der Mensch vor vollen Schüsseln.

Werner Sprenger

Überprüfung eines Abschieds

Tagebuch eines Selbstmordes

ISBN 3-921778-43-3 80 Seiten

Woher hast Du den Mut genommen, diese Treppe hinunterzugehen, mit dem Strick vor Augen, auf den Stuhl zu steigen (auf dem nie mehr ein Mensch sitzen wird), Dir die Schlinge um den Hals zu legen, dazustehen, schon neben Deinem Leben, und dann zu springen? Wie hast Du das fertiggebracht? Ich versuche und versuche es mir vorzustellen, aber meine Gedanken werden schwer und kalt davon, fremd und kalt. Und ich muß den Blick abwenden von dem Bild, das vor meinen Augen entsteht, zitternd wie Dein Spiegelbild in einem See, auf den ein schwerer Sommerregen fällt . . . Du bist kaum zu sehen und bist doch überall, zitterst in allem, durchziehst schemenhaft die Bilder meines Inneren.

(S. 39)